混成詩

麗しの福島よ

――俳句・短歌・漢詩・自由詩で3・11から10年を詠む

天瀬裕康

コールサック社

混成詩

麗しの福島よ

――俳句・短歌・漢詩・自由詩で3・11から10年を詠む

天瀬裕康

まえがき

この数年間、私と仲間たちは俳句や短歌などのいわゆる短詩型文学の他、漢詩や俚謡や自由詩を一纏めにして「詩」と考え、それぞれの短所を補い長所を伸ばして、より高度な表現形式を模索してきました。

自由詩という言葉を使ったのは、俳句・短歌・漢詩が定型詩なので、そうしたジャンル間の壁を壊す意味もこめて「自由詩」としたのですが、ただ漠然とした「詩」のイメージを想い浮かべて頂いて結構です。

ただし、私の脳裡に在ったのは、一篇の詩の中に俳句・短歌・漢詩をも混在させた混成詩だったのですが、漢詩の部分でどうも躓いてしまうのでした。俳句・短歌に比べると漢詩をする人の人口が圧倒的に少ないからです。それで今回は、俳句・短歌・漢詩・自由詩の順番に並べながら、異なった切り口でアプローチし、フクシマの悲劇をコラージュ的に表現しようとしました。その四つの詩形を含んでいるので「混成詩」と仮に命名し、タイトルを『混成詩　麗しの福島よ――俳句・短歌・漢詩・自由詩で3・11から10年を詠む』とさせて頂きました。

二章でも触れていますが、福島は全国的にも岩手県に次ぐ二番目に大きな県であり、歴史的には多くの藩から成り立ち、一般的には太平洋側の浜通り、奥羽街道沿いの中通り、新潟に近い会津の三つの地域に分けられ、さらに細かく言うと浜通りは二つ、中通りは三つ、合計六つに分けられ、それぞれ独特の風土・気風・文化の違いも存在します。

フクシマと時に片仮名で書いたのは、東電福島第一原発事故を念頭に置いていたからです。私は広島市における第3号被爆者なので、ヒロシマ・ナガサキといった表現には慣れていますが、福島市や福島県をフクシマと呼ぶのには違和感を覚える人も少なくないでしょう。その意味で、悲劇の元になった東日本大震災の被災地をフクシマと書くのは失礼なことだと思われますが、どうかご容赦下さい。原発事故の影響は福島県全体に及んでいるとしても、大きな悲劇は原発立地の大熊町・双葉町やその周辺の市町村の特に浜通りが主体で、風向きで高濃度の放射性物質が流れた浪江町・南相馬市山間部・飯舘村なども復旧が進んでいますが、今も帰宅困難区域が存在します。ただその他の阿武隈山地の市町村、中通り、会津、浜通り南部のいわき市までをも放射能汚染区域の福島として一括りに決めつけられることは、かなり問題があると考えられます。

今回の個々の作品によって、フクシマと書いたり福島にしたりで統一しておりません。福島第一原子力発電所にしても、イチエフや1Fのような略称・通称を用いたところもあります。3・11は、東日本大震災・福島第一原発事故の起こった二〇一一年三月十一日の意味に使いました。

序詞に続く一章以後は年単位で経年的に並べ、俳句は七句ずつ、漢詩は五言絶句か七言絶句を一首ずつ収録しました。短歌は原則として十首ですが、序詞のところでは五首、一章・八章・九章では十五首にしております。

放射線関係の単位が出たりして読みにくい部分があるかもしれませんが、学問的なものではありません。理解しやすさを念じた混成詩群です。放射線を無暗に恐れる必要はありませんが、原子力発電が持っている怖さに気付いて頂ければ幸いです。十年が過ぎても未だ破壊された原子炉の溶解したデブリの取り出しも目途がつかず、膨大な汚染水の処理も片が付いておりません。今後の風評被害も心配されております。

この十年の困難な時間を生きられた福島の人々と福島を愛する県外の多くの人びとに「麗しの福島よ」と伝えたくてこの「混成詩」をまとめてみました。

目次

序章　麗しの福島よ　〜二〇一一（平成二十三）年二月

陸奥（みちのく）

陸奥（みちのく）は京に属さず四季を恋う

瀧桜の樹齢千年すぎし日々

海開きサーフィン場に古泳法

天高し乗馬も学ぶ牧場かな

風花のゲレンデも美（よ）し裏磐梯

初天神うそかえ祭り苦難除け

原発は風土壊すや亀鳴きぬ

幸の溢れたる土地

鳥が鳴く東の国の暁の明けゆく空は澄みて潤う

将門の東国独立宣言を朱雀帝らは如何に聞きしか

東北は貧しきものと決め難し藤原の栄華な忘れ給いそ

信夫山あかつき詣で大わらじ稲の収穫多ければなり

福島と名付けられたる野も山も海にも幸の溢れたる土地

『楓雅之朋』第二八一號より

福島の四季

春は青く　鳥の哢(さえず)るを聞き
朱夏は　浜に往きて遊ぶ
秋は白(きよ)く　謝恩の祭
玄冬は　雪の丘に娯(たの)しむ

福島四季

春青聞鳥哢
朱夏往濱遊
秋白謝恩祭
玄冬娯雪丘

朱夏＝なつ。玄冬＝ふゆの別名。

（平和な時代の福島の情景）

桃源郷から嘆きの地へ

むかし陸奥（みちのく）は桃源郷だった
勿来（なこそ）を過ぎればもう異境だ
浜通りには三千年前の貝塚があるから
縄文人の天国だったのかも……

ここには独自の文化圏があった
アイヌもオロシアも女真（じょしん）もおいで
大和や京都とは違う独自の連合国だ
奥州藤原の文化は京よりも大陸に近い

義経が逃げ込んだ東北州は
兄・頼朝に攻め寄せられた

幕末　会津らの奥州連合は
薩長らの西軍に蹂躙された

会津が西軍に攻められたのは
江戸の身代わりになったようなもの
徳川幕府は　会津中将を護りはしない
周辺諸国も　会津の許に結集したのではなく
西軍側についた藩も少なくなかったが
明治維新後は賊軍会津と汚名を着せられ
肩身の狭い想いをすることが多かった

廃藩置県で殿様の世が変わったかと思いきや
命のもとの米を作る百姓たちは楽にはならぬ
海の幸を東京に送る漁師たちも同じだ
皇室所在地の東京は　近代化の道をひた走る

東北は取り残され利用されるだけ

日本資本主義が台頭する年月
東北は豊かにならず米も食べられず
十五年戦争の頃には皇軍の兵員供給基地で
上野駅から九段まで…と　軍国の母が美談とされたが
靖国神社は宿敵長州の大村益次郎が作ったものではないか
だのに「天皇陛下万歳！」と叫んでここに祀られるとは
大義の分からぬ「おら」には理解できませぬ

玉砕が続き広島と長崎に原爆が落とされ
終戦となって　ほっと一息
闇米売りで　一時は潤ったものの
すぐに旧(もと)の木阿弥　貧しい地帯
だが本当に貧しいのだろうか

原子力の平和利用が唱えられ
原爆ならぬ原発（核発電*）が検討される
ならば東京に造ればよかろう
いや近くで貧しい場所がよい

かくして福島県の浜通りが選ばれ
双葉町と大熊町に跨る場所に絞られる
だが　食えないほどに貧しいのか
豊かな自然があったのではないか

〈核発電〉は　明るい未来を保証してくれるのか
〈核発電〉は　貧富どちらへ作用するのだろうか
意外な落とし穴は　ないであろうか……

＊核発電＝若松丈太郎の語。「わたしは原発を〈核発電〉、原発事故を〈核災〉と言うことにしている。その理由は、おなじ核エネルギーなのにあたかも別物であるかのように〈原子力発電〉と称して人びとを偽っていることをあきらかにするため、〈核発電〉という表現をもちいて、〈核爆弾〉と〈核発電〉とは同根のものであると意識するためである。／さらに、〈原発事故〉は、単なる事故として当事者だけにとどまらないで、空間的にも時間的にも広範囲に影響を及ぼす〈核による構造的な人災〉であるとの認識から〈核災〉と言っている。」（『福島核災棄民——町がメルトダウンしてしまった』コールサック社刊）

一章　激変、地獄の到来　二〇一一（平成二十三）年三月〜年末

春怒濤

霾風（つちかぜ）かスマホにノイズ昼下がり

空と地が陽炎（かげろう）ならず揺れ裂ける

春怒濤　いや黒きもの襲って来（く）

閻魔泣く阿鼻叫喚の地獄変

助け呼ぶ電話通じず蝶飛ばず

放射性の羽毛（プルーム）だとかや遠霞

避難指示　何処へ行くのか鳥雲に

電源喪失

グゥワッときし異様なるＭ９の揺れ未曾有の災の魁なりき
（三月十一日十四時四十六分）

そそり立つ黒き絶壁うち寄せりヘドロ混じりの海嘯なりや

「津波だべ、逃げっぺ！」と言う間もなくて総なめとなる沿岸地帯

東電の福島第一原発も津波到りて電源喪失

繰り返し映し出される大震災まなこ疑うテレビの海嘯

爆発の音凄まじく地に響き空にとどろき1号機爆(は)ぜる

早く速く、生存率の分岐点たすけ求める七十二時間

トリアージだれの命が救えるや凄まじきもの医療の現場
（トリアージは大災害などの緊急時に治療の優先順位を決める選び分け）

年末に首相「事故終息」を宣言す　疑問を感じ呆れる国民
（十二月十六日）

死亡・行方不明あわせ一万八千余　天災・人災いや文明災

あの日すぐ県警と県内二十二署に災害警備本部おき避難誘導

とりわけて双葉消防本部では援軍おそけれど孤塁をまもる

緊急なり猛者(もさ)所長の許フクシマ・フィフティ暴発を防ぐ死にもの狂い

自衛隊ヘリを使って放水し被災者探しに瓦礫を除去す

直後から活動始めし記者たちは危険冒して報道つづけり

核災發端

突然地顫壞街衢
五丈翻濤若龍趨
爆裂重重原發竈
核能散亂起痾虞

核災の発端

『楓雅之朋』第二六一號より

突然　地が顫へ　街衢を壊し
五丈の翻濤は　龍の趨る若し
爆裂　重重たり　原発の竈
核能は散乱し　痾を起こすの虞

街衢＝まち。五丈＝一五メートル一五センチ。翻濤＝大波。竈＝かまど。
核能＝放射能。痾＝長引く病。

（東日本大震災・1F事故の初期を詠んだもの）

天災と被曝の地から

あれは　まだ　うすら寒い早春の午後だった
ただの寒さは突然　身の毛もよだつ恐怖に変わった
とてつもない地震と津波が　いきなり襲ってきたのだ
テレビを見て私は　映画の一場面かと思ったものだが
やがて　テレビの中で逃げまどう群衆の一部に同化し
私も被災者となり　一緒に動いているような気がしだす
その異様な世界へ　入って行く……

二〇一一年三月十一日十四時四十六分
宮城県牡鹿半島の沖で巨大地震が発生
福島県白河市や茨城県日立市で震度6強
同日十四時五十分　宮城・岩手・福島三県に大津波警報

さらに十五時四十二分　福島第一原発１・２号機で
緊急炉心冷却システムが作動停止　地震の発生から一時間足らず

ここから原発クライシスが始まる
聖域の電力業界も安全神話も崩れ
原発から三キロ範囲に避難指示が
いやすぐに十キロへと拡大錯綜

*

東西に長い浪江町東端の請戸(うけど)は津波に襲われ　漁港の船は南相馬市の
真野川漁港などに避難したが　およそ原発から六キロしか離れていない
だから陸地の人にも　放射能のため避難命令が出た
町長は旧約聖書の「出エジプト記」のように　町民を連れて町を出る
そのとき町長は云ったものだ〈町のこし〉をすると

つまり帰還を確信していたのだ

当時の首相は民主党の菅直人で　福島県知事は佐藤雄平
これは一大事と直感した議員は　理系出身の菅だけかも
彼は翌十二日の七時過ぎに　ヘリコプターで原発を視察

浜通りと呼ばれる太平洋側の一帯は　津波による被害が大きい
いわき市では水難による死者の搬送後も　瓦礫の山が続く
南相馬市では遺体安置所に棺桶が並び　僧侶の読経の声が流れる
こうした状態は随所で見られ　相馬市では警察職員が重機を使う
相馬市内の松川浦では　津波で流されたバスが寂しく波に洗われ
新地町では津波に押し流された　JR常磐線の車両が転がる
津波のあとに火災が起こり　消防は消火と救助に大わらわ

とにかく　この地獄から逃げ出さねばならない

だがガソリンは不足　陥没や地割れがあり交通は渋滞
三月十四日に3号機が水素爆発　その轟音は相馬まで聞こえたという
その日のうちに葛尾村は　全村避難を決めて会津坂下町へ
同十五日に浪江町周辺で　通常の六六〇〇倍の放射線量を検出
詩人の和合亮一は被災六日後から　ツイッターで「詩の礫」を開始
書かねばならぬと思った詩人や文士は多かった
政府は四月十二日　事故の深刻さを示す国際評価尺度を
「レベル5」から「レベル7」へと引き上げる

菅直人は原発の怖さを知っていたが　政治家としては行政を生かせず
八月二十九日　野田佳彦が民主党代表となり翌日は首相
だが野田首相は原発の怖さを知らず　間もなく失脚

イチエフでは3号機がだんだん崩れ
日毎に低くなっていく……

二章　〈核災地〉の苦難の周辺　二〇一二（平成二十四）年

寒き海

舟は陸クルマは坐せり寒き海に

浜通り瓦礫るいるい風光る

五月雨や社員家族も責められる

海辺沿い海水浴の姿なし

電気とは雷以上に怖きもの

秋立つや避難者さらに流れ往く

季は移り廃墟のまわり枯木立

〈核災〉

被曝史に3・11が記されき　東日本の大震災の日

東北の自然災害酷けれど1F（イチエフ）事故の被曝が増幅

（1Fは福島第一原発）

蝌蚪（かと）と呼ぶ準備号経て相馬の「今」伝う「かえる新聞」創刊貴重

（準備号は二〇一一年十二月、創刊号は一二年二月）

福島の原発事故は想定外？　そったらごど（そんなこと）では納得できネー（ない）

鉛カバーで線量計を覆えよと　これぞ一味の隠蔽体質

龍よ辰よ雲を起こすな風呼ぶな仮設住宅は頑丈ならねば

福島や電気事業法に基づけば1から4号機廃炉となるらん

〈核災地〉と被爆地の連携強まるべし体験の記録・遺構の保存

〈核災〉と原発事故を呼びにけり詩人・若松いきどおり込め

（『福島核災棄民』コールサック社、二〇一二年）

情緒無用ただ事実だけ並べんか即物性求め被曝の諸相を

交友―被爆與被曝

天災伴怪北州寒
廣島醫師赴救難
原發連環誰責務
談論核禁想無端

交友―被爆と被曝

『楓雅之朋』第二三一號より

天災　怪（かい）を伴い　北州寒し
広島の医師　救難に赴く
原発の連関　誰（た）が責務ぞ
核禁を談論し　想い端（はし）無し

北州＝ここでは福島。核禁＝核禁止。

（実際に赴いたのは二〇一一年だが、その後も救援活動を続けているので、ここに載せた）

被災・避難は延々と

1

震災翌日は寒い日だった
一年後も寒く傷病者・避難者には堪(こた)える
荒れ果てた土地に壊れた建物
地震がおさまっても逃げねばならない
なぜ？

あれは普通よりもひどい地震だ
だが怖いのは津波だったと聞く
原発の被害も浜通りで酷かった
だから住民は逃げねばならない

2

福島県は三つに分かれる
浜通りとは福島県東部の
太平洋と阿武隈高地に挟まれた一帯だ
北は相馬市から南方いわき市までの十五市町村
その名は陸前浜街道から発している
阿武隈高地と奥羽山脈の間にあるのが中通り
奥羽山脈から西が会津地方だが
地震や津波に加えてもっと恐ろしい原発事故が起こった
その被害が大きかったのは浜通りの十二市町村――
原発立地の大熊町に双葉町、それから浪江町、楢葉(ならはまち)町、富岡町、
川俣町(かわまたまち)、広野町、葛尾村、川内村、飯舘(いいたて)村、南相馬市に田村市だ
田村市は東方浜通りの都路(みやこじ)村を合併していたため

名が出てくるが田村市とせず
都路村とした記載もあるだろう

広野町から楢葉町にかけ名門サッカー場のＪヴィレッジが建っていた
が　３・11の直後からは原発事故対策の前線基地となる

大熊町の町長は教育長に　早急な授業開始を命じていた
川俣町は役場も住宅約千四百棟も地震で被災したが双葉町の町長から
町民受け入れの依頼の電話　双葉町の約六千人が身を寄せたが
震災一ヵ月後に川俣町山木屋地区が計画的避難区域になる
その東北にある飯舘村ではＩＡＥＡ（国際原子力機関）が
避難基準を上回る放射性物質が検出されたと発表する
ここでも避難者を受けた場所が避難する側になってしまう

あの年の警戒区域内への一時帰宅については

川内村は五月十日と十二日の両日に
葛尾村は十二日実施すると発表
楢葉町の住民は六月六日に一時帰宅したものの避難生活続行
翌年になっても状況は好転しない

3

二〇一二年一月十八日　南相馬市で消防殉職者の慰霊式
川内村の村長は二月十五日に「帰村宣言」を首相に報告
三月十日　政府は双葉・大熊・楢葉の三町に中間貯蔵施設設置を要請
復興庁の五月十一日の発表で　震災関連死は南相馬市が二八二人で最多
浪江町への帰還は容易ではないが　六月に相馬焼二本松窯のプレオープン
七月二日の大熊町のアンケートでは「町には戻らない」が約四割
八月五日に政府は葛尾村を再編する際の　基礎となる放射線量図を示す
飯舘村は避難区分に応じ九月五日　住民帰還の見通しを呈示した

埼玉県加須市にある双葉町役場機能を十月二日　いわき市が受け入れ了承
十一月十五日　福島原発告訴団の一万三千人が東電幹部と政府を告訴
全域が警戒区域の富岡町は十二月四日
新しい三区域への再編成に同意

年末に民主党の野田内閣から自民党の第二次安倍内閣に交替
安倍は第一次安倍内閣時代　原発の危険性を否定したが
福島原発事故の責任を民主党の菅直人・元首相に押し付けた
野田内閣は何もしなかった　いやできなかったのだ

そうした二〇一一年の残骸を引き摺り
二〇一二年が過ぎて往く
音を立てて過ぎていく

三章　〈核発電〉というものは　二〇一三（平成二十五）年

東北六魂祭

作業員　重装備なれば脱皮したし

福島で東北六魂祭ひらく　（六月一日）

浪江・双葉モデル除染を開始せり

イチエフの元現場所長ガンで死す　（五十八歳）

阿波踊り福島で競演おみなえし

関連死、直接死を超え虎落笛（もがりぶえ）

転入より転出多く雪ごもり

あらがう言葉

相馬小高神社ではしご乗り原発事故後に二年ぶりとか

大河ドラマ「八重の桜」の会津博(あいづはく)　小正月まえテープカットす
（一月十二日、綾瀬はるかがテープカット）

聞き厭きた「がんばっぺ福島」という言葉　何をせよとの勧告なのか

反原発たとえば高木仁三郎あらがう言葉ほとんど無視さる

停電で使用済み核燃料のプール冷却とまりしままに

タンクから三〇〇トンの汚染水洩れていたりと東電発表

「原子力明るい未来のエネルギー」これに憧れし日はなかりしか

「だげんじょも」バラ色の夢は無かりけり姿見せしは悍(おぞ)ましき地獄絵

新設の大規模災害復興法きっかけは東日本大震災とか

下請けは常に危険を強いられる高線量被曝１Ｆ作業員

『楓雅之朋』第二五八號より

蒸暑公盧（公營假設住宅）　蒸暑の公の盧(ろ)

酷暑襲東北
公盧不迴蒸
妖災多故後
廢址未振興

酷暑　東北を襲う
公盧は蒸(じょう)を迴(さえぎ)らず
妖災　多き故(わざわい)の後(あと)
廃址未(いま)だ振興せず

蒸＝蒸しあついこと。公盧＝公営仮設住宅。妖災＝原発災を指す。
（公盧は住みやすい場所ではなかった）

すべては原発のせいだけど

1

復興しだしたと　お上(かみ)はいうが
ばがこげ（馬鹿言うな）まだだ　まだだ

福島第一原子力発電所　略称１Ｆは
東日本大震災で未曾有の惨事を起し
周辺の住民や避難者から忌み嫌われ
憎悪の的になったけれど　以前から
原発反対派も　いることはいたのだ
それが　賛成派に押し切られたのだ
いまさらそんなこと

考えれば　ごせやげる（腹が立つ）
げんちょも（だけど）考えねばなるまい

2

火力発電はボイラーで石油や石炭を燃やして蒸気を作り
発生した蒸気の力でタービンを回して発電してきた
原発は原子炉で天然ウランなどの核燃料を燃やし核分裂を起させ
発生した蒸気でタービンを回し発電するところは同じだが
核分裂時に発生する中性子は秒速二万キロメートルにも及ぶので
減速させねばならないし発生する熱も冷やさねばならない
減速材や冷却材に普通の水を使う原子炉が軽水炉
軽水炉には沸騰水型（ＢＷＲ）と加圧水型（ＰＷＲ）
ＢＷＲは　原子炉の中でいきなり蒸気を発生させタービンに導くから
環境への汚染は大きく　炉材の損傷が頻発しやすい

ＰＷＲは原子炉内を高圧にして　湯を蒸気にならぬよう抑えたまま
一次系と呼ぶ配管内を循環させて二次系で蒸気タービンを回すから
環境への放射能放出は抑えられるが余分な装置に穴があきやすい

さて東電福島第一原発のアドレスは福島県大熊町
一九五四年に大野村と熊町村とが合併して生まれたが財政基盤は弱く
さりとて工場・事業所誘致の見通しも立たないのだ
そこへ東京電力㈱からの誘いがあって　隣接の双葉町にも手が回された
福島県双葉郡大熊町・双葉町にまたがる立地がイメージされる
原子炉はＢＷＲで　いかにも問題が起こりそう
反対運動は続いたものの　東電がばら撒いたバラ色の夢は
圧倒的な魔力を持っていた　さよう金の魔力だ
しかも背後には政府というか
さらに巨大な力も控えていた

3

大熊町議会が東電福島原発の誘致を決議したのは
半世紀もまえの一九六一年九月
１号機の着工日は一九六七年九月
営業運転が開始したのは一九七一年三月
燃料は二酸化ウランで出力は四十六万キロワット
２号機の運転開始は一九七四年七月……

かくして福島第一原発こと１Ｆが６号機
第二原発こと２Ｆ（ニエフ）の４号機までが勢揃い
事故が続いても隠しながら稼動の離れ業
だけどじっさい１Ｆは大事故を起こした

ばら撒かれる金額の差によって
県内各地での反目はなかったか
推進派と賛成派の間に憎しみはなかったか
近所同士でのいざこざはなかったか
あって当然どこにでもある
それを乗り越えるための政治なのか
県知事は二〇〇六年から続く佐藤雄平
参議院議員を二期務めたが
原発事故後は苦労続き

詩人の藤島昌治は『なんじょすっぺ』を刊行
「どうしようか」という意味らしい
原発では　いんがみだ（えらい目に遭った）なあ
なんじょすっぺ……

四章　日常生活と危険　二〇一四（平成二十六）年

夜(よ)ノ森

春疾風(はやて)「原発一揆」汚染牛

再除染　除染予算の３％とか

「夜ノ森」の桜ことしも咲いて舞う

浜通りロボット研の先端に

トルコギキョウ市場出荷は四年ぶり

東電へ訴訟あいつぐ雲の峰

木枯しや１Ｆ作業員使い捨て

原発災

福島の第一原発5・6号機やはり廃止ぞ安堵の声も

十八歳以下の甲状腺検査では有意の地域差発見できず

けものたち昼夜分かたず跳梁す「助けてくなんしょ(下さい)」荒れ果てた町

原子力発電に繋がるわざわいを作家森詠は原発災とす

(「脱原発社会をめざす文学者の会」会報第1号、二〇一四年七月)

川俣町山木屋の女性五十八歳うつ病で死す原発死なり

土地ことば自分の里に帰れずに日本各地をさまよい歩く

震災の浪江沿岸で思い出の品を展示すギフト店跡に

サイクリング猪苗代湖と磐梯山ほぼ千人が秋を楽しむ

4号機プールの燃料取り出せりと　これに反論「馬鹿なこと(おんずくねえ)吐(こ)くな」

福島の大波地区と伊達霊山(りょうぜん)　事故被害にと賠償要求

歳晩寄福島

『楓雅之朋』第二五一號より

風叩北東地
人嗟原發災
未祈生日祭
只管待寒梅

歳晩　福島に寄す

風は叩く　北東の地
人は嗟(なげ)く　原発の災(さい)
未(いま)だ生日祭に祈らず
只管(ひたすら)　寒梅を待つ

生日祭＝クリスマス。

（神を頼らず自然の中に生きたい気持ち）

日常生活の中の危険

1

二〇一四年四月一日、福島県中部の郡山市に
産業技術総合研究所の福島再生可能エネルギー研究所が開所
研究を通じて福島県の復興に貢献しようというものだ
東電福島第一原発の事故で大きな被害を受けた福島県としては
風力発電等に活路を見出したいところだろう

もちろん　それはいいことだが
3・11以来　巷では放射線の恐怖が拡がったまま
〈核災〉で問題になった放射線とは　いったい何だろう?
ヒロシマ・ナガサキ・フクシマ以前は　放射線はなかったのか

そんなことはない　自然界にも放射線は存在し続けてきた
微量の放射線のもとで　地上の生物は進化しヒトに至ったのだ
たとえば宇宙線は　宇宙空間を飛び交う高エネルギーの放射線で
アルファ粒子などが含まれていて　地球にも絶えず飛来している

2

放射線には　原子より小さい粒子線と波長の短い電磁波がある
粒子線には　アルファ線やベータ線　それから中性子線など
電磁波は　X（エックス）線やガンマ線　電波・赤外線・可視光線・紫外線……
話が抽象的になったが　大震災による多数の死者と
被曝死あるいは被曝関連死は違うもの　だけれど
荒れ果てた被災地の情景は　両者を混同させやすい
それならば被曝の本体は何なのか？

放射線を出す能力を「放射能」と言い
放射線を出す物質を「放射性物質」と呼ぶ
ますます分かりにくくなりそうだから
たとえば懐中電灯を例にしてみると
放射線とは懐中電灯から出る「光」
放射能とは懐中電灯の「光を出す能力」
放射性物質とは「懐中電灯それ自体」で
宇宙は巨大な万能懐中電灯とも言える
が　色々な線の能力はどうなのだろう?

たとえば物を通り抜ける「透過力」——
アルファ線の透過力は弱く　薄い紙や数センチの空気で止められる
ベータ線はアルファ線よりは強いが　薄い金属やプラスチック板で遮断
ガンマ線はもっと強く　鉛や厚い鉄板でないと遮ることができない

日常よく経験するX線は　ガンマ線より少し弱いが
胸のX線集団検診では内臓の被曝が起こるし　胃の場合はもっと多い
ところが航空機で東京・ニューヨークを往復すると
さらに大きな被曝　高度の上昇に伴ない
宇宙線が増加するためだ

3

文化度の高い生活は被曝を招くのだろうか
それにしても政府はなぜ原発温存に拘るのだろう？
賠償の争いは増えて二〇一四年がピークのようだが
再生可能エネルギーに変える気配はない

政界は　第三次安倍内閣に衣替え
一強の足場を築く　安倍総理

公選になってからの第七代福島県知事は　ずっと
佐藤雄平が務めていたが二〇一四年十一月十一日で辞め
選挙により官僚出身の前福島県知事・内堀雅雄（うちほりまさお）が
十一月十二日から第八代の県知事だ　さてどうなるか？

若松丈太郎は十二月に詩集『わが大地よ、ああ』を出版
この中の「見える災厄　見えない災厄」において
彼は南相馬市の鹿島区や原町区の地名を
じつに七十三も挙げている
余所者の気付きにくい心情ながら
胸がキューッと締め付けられる

五章　せんかたなく学ぶ放射線

二〇一五（平成二十七）年

仮設棟

初夢も怯えて醒めてシーベルト

仮設棟氷柱（つらら）ならびて我が家恋う

ドローン飛ぶヒトなき町の誘蛾灯

安保法　可決せりとて砧打つ

除染エリア生活圏ゆ里山へ

原発は危険あちこちツキヨタケ

ジュラシック・ワールド幻視す避難地区

廃墟の主（あるじ）

首都圏へ電気を送るメガソーラー再び主都の犠牲になるや

避難区域ではないけれど自主避難者　帰還支援に補助金構想

宇宙線利用し調査す1号機　ほとんどの燃料溶融しおり

原子炉の格納容器の内部には調査ロボット投入せりと

県警は東電を書類で送検す公害犯罪処罰法違反か

アカギツネまたアライグマ瓜坊も廃墟の主（あるじ）ヒトは他所者（よそもん）

プレハブの仮設住宅なくならず暮らし再建もならぬ日つづく

本当に放射線怖くば西国へ「行ぐしかあんめえ」故郷を捨てて

ふるさとに帰れない人帰るひと畑仕事の日常よ戻れ

繰り返す余震余寒に福寿草いつかは春の来むと慰む

梅雨（福島避難地域）

梅雨霏霏黒黴生
廢墟野市久無檠
如今線量尚高値
不聽鳴蛙閣閣聲

梅雨（福島避難地区）

梅雨（ばいう） 霏霏（ひひ）として 黒黴（くろかび）を生じ
廃墟の 野市（やし）は 久しく檠（けい）なし
如今（じょこん） 線量は 尚（なお） 高値にして
蛙の鳴く閣閣たる 声を聴かず

霏霏＝雨のはなはだしく降るさま。野市＝いなか街。檠＝ともしびたて。
如今＝ただいま。閣閣＝蛙の鳴く声のさま。

『楓雅之朋』第二五七號より

単位のことが気になって

1

東電福島第一原発の事故以来
放射線に対する恐怖が拡がった
それが福島からの大量の避難者を生み
県内に留まった人たちの一部にパニックが起こった
もっとも身近に感じられるのは「シーベルト」という単位

これは放射線を浴びた時の　人体の影響度を示す単位
だから私たちの生活には一番関係が深い
福島の浜通りなどで見かける放射線ポールはこれを測るもの
じっさいにはシーベルトでは大きいので

千分の一のミリシーベルトだとか
百万分の一のマイクロシーベルトを使うことが多い

放射線の単位には「グレイ」というものもある　これは
放射線のエネルギーが　どれだけ物質に吸収されたかを示す単位
放射線治療の際の　臓器吸収線量の単位などに用いる
物理学では電荷をもたない放射線　つまりガンマ線や中性子線が
人体や物体に与える影響の指標もグレイで表わす……
なんだか抽象的になりだしたようだが
やはり気になるのは福島一般住民の被曝

2

一般住民の年間被ばく許容限度は
一ミリシーベルトだそうだ

１Ｆにおける空間の線量は
毎時六五〇シーベルトが事故後最高で
これが特別なものだとしても
事故現場が高線量なのは頷ける
被ばくが桁違いに多いのは原発作業員だろう

あの年の三月の調べでは　東電社員や作業員約三千七百人のうち
九十九人は一〇〇ミリシーベルトを超えていたという
これを正社員と下請けの作業員に分けると
もっと怖いデータが出てきそうだが
三月下旬　3号機で電源復旧のケーブル敷設中の作業員三名が
一七三～一八〇ミリシーベルトの被曝をした
近くの水溜まりは　毎時四〇〇ミリシーベルトの高濃度汚染水
これは通常運転中の　炉内冷却水の一万倍だという

3

シーベルトやグレイは
放射線の単位
放射能の場合はベクレルを使う
放射性物質が放射線を出す能力
つまり
放射能の強さの単位だ

もっと正確に言うとベクレルは
放射性物質が一秒間に崩壊する原子の個数
一秒に一個の割合で壊れれば一ベクレル
土や水道水や食品などに含まれている
放射性物質の量を表わす時などに使う

ベクレル数が大きいほど　そこから出ている
放射線は多いということになる

事故後の放射性物質の大気中への放出量は
原子力安全・保安院の試算では三十七万テラベクレル
原子力安全委員会によれば六十三万テラベクレル
テラは一兆だから　ものすごい数値だ

これらを雨に例えてみると
ベクレルは単位時間に降る雨粒の数
グレイは人に当って濡らした水の量
シーベルトは人が受けた影響の多寡
そんなものを知らなくて済むほうが
もっと　よさそうだけれど

六章　避難区分を思い出して　二〇一六（平成二十八）年

木下闇

辛し悲し避難生活だいこ洗う
汚染されイノシシ哀れ白そこひ
富岡の全町避難つゆ湿り
住民の帰還すすまず木下闇
イジメあり県内県外おにあざみ
東電の加害確実そぞろ寒
避難指示の解除されたる冬ひでり

海洋投棄

五年経し節目を迎え〈核災地〉は復興祈念・追悼せつなし

チェルノブイリ三十年に我が政府なに学びしか福島五年

廃炉への道険しからん四十年それだけの時間要する事実

風力も新設しけり飯舘は「までいな再エネ(テイネイ)発電」に併せ

荒れた田に汚染土入れし黒きふくろ小高区の地に住民戻らず

メガソーラー建設予定地つぎつぎと　他方で反対住民憂う

早春に常磐線で相馬の旅　〈核災〉の地を巡る案とか

核汚泥　建屋の地下に五、六年　規制委は強い懸念を示す

ＡＬＰＳで処理済みといえど汚染水　海洋投棄に反対続出
（ＡＬＰＳ＝多核種除去設備）

「花は咲く」優しき歌声流れるも〈核災地〉は雪なお春遠く

寄電力会社

電力会社に寄す

『楓雅之朋』第二四二號より

發電流氓俶
社遮氛翳憂
竹林賢者喩
雷耿不要籌

発電は氓を流す俶(はじめ)
社は氛翳(ふんえい)の憂を遮る
竹林の賢者は喩(さと)す
雷耿(らいこう)は籌(ちゅう)を要せ不(ず)と

流氓＝人口移動。社＝会社。氛翳＝不吉な気。竹林賢者＝西晋の代に世塵を避け竹林で清談した七賢人のこと。雷耿＝稲光。籌＝はかりごと。

(原発など作らなくても、稲光でよいではないか、の意)

区切られた土地

1

〈核災〉後　福島県内の各地に避難指示が出され
十六万人もの住民が　避難を余儀なくされた
避難指示には様々な区分があり　別々に賠償や支援が決まる
理解しにくい点もあったし　住民分断の種ともなった

三月十一日　最初の避難指示は半径三キロだったが
十二日朝は十キロとなり夕方には二十キロに拡大
十五日には原発から二十〜三十キロ圏内に屋内退避の指示
国が自主的な避難を要請する二十五日まで
屋内退避となった地域では物流が止まり住民は困った

だがこれは　ほんの苦労のはじまり

四月になると　二十キロより遠い地域でも
年間被ばく線量が高くなることが分かり　新たな避難指示
計画的避難区域は　おおむね一ヵ月間に避難完了を目指す地域
緊急時避難準備区域は　常に避難や屋内退避を準備する地域
原発二十キロ以内は　立ち入りが原則禁止される警戒区域となる
警戒区域は「警戒しておればよい」のではなく
出て行かねばならないのだから　ややこしい
伊達市などは世帯ごとに支援する　特定避難勧奨地点を設けた
十二月には諸般の状況から　政府は避難指示区域の再編を決定

2

被ばく線量は容易には下がらぬものらしい　五年経過後も

年間二十ミリシーベルト以下になりそうにない地域は帰還困難区域
二十ミリシーベルトを超えるかもしれぬ地域は居住困難区域
二十ミリシーベルト以下になるのが確実な地域は避難指示解除準備区域
といったふうに新たな区分が作られたのだ
区域の見直しは市町村ごとで行なわれ　最終的な確定は二〇一三年八月

除染などによる空間線量の低下や社会的インフラの復興状況を見て
国は　年間二十ミリシーベルトを下回ることを原則に置き
避難指示を解除し始めた　解除を巡る協議では
「早く帰りたい」派と「時期尚早」派の対立があったが
これは個々の自治体が調整した
かくして二〇一六年七月までに
田村市・川内村・楢葉町・葛尾村・南相馬市の全域や一部で
それぞれ避難指示が解除され　復興がすすむ
帰還困難区域がある自治体は　将来人の住みうる特定復興拠点区域を設定

環境整備を進めているものの　拠点から外れた地域を含めて苦難の道

3

この年の二月二十六日　高浜原発４号機が再稼動
四月十四日には　熊本県益城(ましき)町で震度７の大地震
七月十日の参議院選挙は　自公が改選過半数を大きく上回る
同月十二日　南相馬市の避難指示が解除され
ＪＲ常磐線の小高―原ノ町間　９・４キロが再開
同月三十一日　小池百合子が大差で当選し初の女性都知事

英紙「ガーディアン」は五月十一日
二〇二〇年の東京五輪招致で約一億六千万円の不正な金が動いた
と報じ　フランスの検察当局は　汚職などの疑いで捜査を開始
が　国際オリンピック委員会総会は八月三日

東京五輪で野球・ソフトボールなどの追加を決定

十一月九日　福島から避難していた横浜の中1男子が不登校
イジメは二〇一一年から続いており隠れた同種の事件は多いはず

同月十六日　原子力規制委が美浜原発3号機の運転延長を認可
原発は四十年で廃炉にするというルールは形骸化してしまう
問題の多かった敦賀市の高速増殖原型炉「もんじゅ」は
十二月二十一日に廃炉を正式決定しはしたものの
原発保護支援という政府与党の姿勢は変わらない
県外避難者のことなどは忘れているのではないか

七章　損害賠償いつまでも　二〇一七（平成二十九）年

春の霞

共謀罪、可決す春の霞かな　（五月二十三日）

ロボットを使いデブリを調査せり

浪江町、仮設の店に一人（ひとり）静（しずか）

イチエフのコストダウンや受難節

茄子に菓子いいだて道の駅「までい館」　（八月オープン）

原発にカーストありて嶺（みね）見えず

霊山（りょうぜん）やクリスマスケーキのイチゴ売る

関連死

トランプが米大統領に就任す民主主義とは架空の夢か
（一月二十日）

福島ゆ届きし新聞手にすれば3・11（サン・イチイチ）の震え再び

震災と〈核災〉による関連死　九月末にて二二〇二人

福島の事故処理七〇兆円と民間試算す政府の三倍

東電が1F3号機の格納容器で「核燃料塊を確認」と発表

R・ユンクは四〇年まえ喝破せり「原発の世は管理社会」と
（原著Der Atom Staat出版は一九七七年、邦訳『原子力帝国』は七九年）

事故のあとデブリと称す物質が建屋に残り纏わって怖し

核事故に伴う除染で出た土の「中間貯蔵施設」稼動す
（大熊町と双葉町）

謝れど「刑事責任なし」と云う東電幹部言葉の魔術

年の瀬に雪しまくなり仮の宿「心配(しんぺー)でならない(なんね)」と話す避難者

秋野遠望

『楓雅之朋』第二六〇號より

遠望田園黒袋堆
紅蜻獨舞素秋哀
経過事故數旬歳
暴野無情原發災

遠く田園を望めば　黒き袋　堆く
紅蜻　独り舞い　素秋哀し
事故を経過し　数旬歳
野を暴すは無情な　原発の災なり

黒袋＝汚染土を入れた黒いフレコンバッグのこと。紅蜻＝赤とんぼ。
素秋＝秋、「素」は「白」で白秋を想起されたし。数旬歳＝まる数年。

いくらお金がかかろうと

1

かつて村全体が計画的避難区域になった飯舘村は
二〇一七年三月三十一日　帰還困難区域となった長泥地区を除いて解除
が　村内には汚染土の仮置き場が残り除染土の入った黒い袋が累々

七月二十一日　東電は１Ｆ３号機の格納容器内に溶けた核燃料塊を確認
十月二十八日　除染で出た土を保管する「中間貯蔵施設」が
大熊町と双葉町で本格的な稼働を始めた

楢葉町では十二月二十日に　日本原子力研究開発機構（ＪＡＥＡ）の
遠隔技術開発センターで　ロボット関連技術の展示実演会が開かれた

二十一日の福島の新聞は　三年後の東京五輪の野球・ソフトボールが
福島市の県営あずま球場に決まり　改修工事の予算の件も報じた
だがよく考えてみよう　東京のいいなりになると損をする？

2

核兵器禁止条約は二〇一七年の七月
国連加盟国の六割を超える一二二ヵ国の賛成で採択され
同年十二月にはＩＣＡＮ（核兵器廃絶国際キャンペーン）が
条約採択への貢献などによりノーベル平和賞受賞

核戦争に反対してきた人はもとより
原子力文明に否定的な人たちも喜ぶ
「核発電禁止条約」も視野の内に入れたらどうだ
フクシマだけの問題じゃあない

すべての原発立地の検証をしよう

だけど政府は　うしろ向き
「唯一の被爆国」と言いながら
諸外国の核実験に反対するわけでもなく
核兵器禁止条約にも賛成していない
アメリカの「核の傘」のど真ん中にいるから
核兵器の禁止に反対なのか　ああそうだった
日本はアメリカの属国だったんだよな
もちろん政府は否定するだろう
一九五一年のサンフランシスコ講和条約で戦争終了
一九七二年に沖縄は日本に返還された
なるほど　そうだが　密約はないか
昭和の戦後から平成・令和を通じ政治は秘密だらけ
将軍から大統領になったアイゼンハワーが

原子力の平和利用を口にしたら
すぐ「夢のエネルギー」にとびついたけど
その後も原発に拘る理由は何か

3

核兵器禁止条約に反対する核保有国と
禁止を推進する非保有国との「橋渡し」役をするため
あえて禁止条約に署名しないのだと政府は言う……

だが日本政府が「橋渡し」をした気配はない

各地の原発ではウラン燃料の燃えカス
つまりプルトニウムの処分に困る!?
ところで長崎に投下されたファットマン（太っちょ）は

プルトニウムを使った原爆だった
広島のリトルボーイ（おちんちん）はウラン型
自然界のウラン２３５は希少価値のある物質だが
プルトニウムは原子炉があれば幾らでも産める

アメリカは最初にウラン型を作るが
次の二つはプルトニウム爆弾にした
三個もあったら日本攻略には充分だ

１Fからもプルトニウム
日本全国ゲンパツだらけ
プルトニウムの大国日本
何かが見えてこないかね

八章　戊辰（ぼしん）で歴史をチェックすると　二〇一八（平成三十）年

過労死

貝塚の頃は原発なかりしを

歴史には裏があるよと不如帰（ほととぎす）

核廃墟ふる里いつの日山笑う

放牧地ソーラーパネルも自然破壊？

イチエフに過労死のあり秋没日（あきいりひ）　（自動車整備士）

東電の「廃炉資料館」菊枯れる　（十一月三十日開館）

県外へ避難の四万つらく哀し

七年経し

原発の再稼動求めし埼玉県議会　ほごる(フザケル)なと怒る(リキム)福島県民

（前年十二月議会可決、本年一月に抗議が殺到）

沖合の安定したる風力を発電へ使う統一ルールを

いつまでも廃炉すすまず大熊に分析センターついに開所す

（三月十五日）

蛇も魚もオートラジオグラフィで光るなり放射線付く防禦の靴も

原発のＭＯＸ燃料高騰し事業としての利点減りゆく

七年経し3・11の追悼に「避難者応援ライブ」ひろしま

あの事故の九年まえに東電は大津波否定し保安院に抗す

元社長「溶融なる語は使うな」と命ぜしことが六年後ばれる

子会社の東電設計の津波案　担当者に渡すも黙殺されしか

溶け落ちし核燃料のデブリ探しサソリ型ロボットで対処せんとす

帝国は明治維新と称すれど戊申で語る人少なからず

鳥羽伏見なぜ戦わねばならぬのか義という文字が虚しく見える

一月に始まりし戊辰戦争の終りは翌年五月の函館

西郷の西南戦に銃持たぬ会津武士二千餘、抜刀隊死す

盟友の会津を見捨てし江戸幕府パターンは同じ今の東電

戊辰戰犯

東北山丘野馬奔
戊辰戰犯諫諍寃
嫌猜帝政共和國
幻滅皇都反覆論

戊辰の戦犯

『楓雅之朋』第二四八號より

東北の山丘に　野馬は奔り
戊辰の戦犯は　寃を諫諍す
帝政に嫌猜せる　共和国よ
皇都に幻滅し　反覆し論ず

寃＝無実の罪。諫諍＝諫め訴える。嫌猜＝嫌い疑う。皇都＝東京を指す。

（戊辰戦争で戦犯となった会津が、帝政を嫌う共和国としての議論をし幻滅したことが要旨）

歴史の裏面を再検すれば

明治維新によって日本は近代国家になった
そんなふうに教えられたし一部は事実に違いないが
中心になった薩長、なかんずく長州による藩閥政府が
明治を牛耳った功罪は究明しなければなるまい

平成三十年には　明治百五十年が祝われたが
会津若松では「戊辰一五〇年」のイベントが続いた
若松市が人口十二万余の中都市になり果てたのは
特に長州の徹底した会津潰しがあったからだろう
だが京都守護職会津中将松平容保の配下により
長州が最も手痛い被害を受けていたことも本当だが
そうした怨念を知るや知らずや安倍総理は

「我こそ長州政治の正嫡」と鼻高々

長州閥の大先輩　陸軍大将山県有朋(やまがたありとも)は汚職でも大将
奇兵隊崩れの政商山城屋和助を使い最大級の大儲け

戦中の官僚・岸信介(のぶすけ)の戦後に行なった隠密政治
虚言でノーベル平和賞を貰った佐藤栄作の秘密外交
こうした一族の安倍晋三に政治を任せてよいものか
もしかしたら戦後史全体が狂っていたのでは？

*

そもそも戦後の繁栄は
ほんとに嬉しい正夢か
それとも虚しい逆夢か

原発なしのつつましい
生活を選ぶは間違いか
悪夢か日本列島改造論
原発は増えて五十四基

*

１Ｆの事故の九年まえ　原子力安全・保安院は
福島沖の地震津波のシミュレーションを求めたが
東電はこれを拒否し　四十分後に見送りとなった由

除染という言葉をよく聞くが
もとは化学物質や病原菌にも使ったもの
3・11以降は放射性物質が相手
大地の表面を削り黒い除染マネーが動く

二〇一八年一月二十日　古川日出夫の朗読劇「銀河鉄道の夜」の上演
三月十七日　菊地臣一福島医大常任顧問は『花だより』発行
八月三十日　日本原子力研究開発機構「もんじゅ」の廃炉本格化

二〇一八年の流行語大賞は　平昌五輪銅メダルのカーリングの
女子日本代表チームの北海道弁「そだねー（そうだね）」に
平成最後となる紅白歌合戦は
紅組のトリが石川さゆり「天城越え」で年配者向き
白組は嵐の「嵐×紅白スペシャルメドレー」で若者向き

各地に散らばった避難者は
どんな思いで聞いただろうか
福島の被災者はこの年末を
どんな思いで過ごしたことか

九章　改元ありしが異変だらけ　二〇一九（平成三十一・令和一）年

胸疼く

元年は台風・噴火・地震など

天災も人災もあり辛夷(こぶし)咲く

３・11水土地大気レクイエム

被曝樹は被爆樹に同じ胸疼く

原発のワーカーと言えず鎌鼬

１Ｆの作業員四千廃炉はるか

天よ地よイジメを止めよ福島を

「止(や)めてくなんしょ」

これまでは全町避難これからは帰還はずむか大熊・双葉

避難者と地域住民交流す浪江の味のアンコウ鍋つつき

福島の公園に咲く山茱萸(やまぐみ)の花に雪降る三月中旬

長崎の一番咲きより東進し四月なかばは三春(ミハル)滝桜

原発は「止(や)めてくなんしょ」と被災者ら各地に行きし避難者も叫ぶ

２号機の堆積物が動きけり地質時代の深海魚なみに

八月の震災・原発避難者は五万割れりと復興庁の弁

（五万二千人とのデータもある）

帰らざる福島県民八・五万と復興共同センターは告ぐ

（ふくしま復興共同センター、十月十日）

１号機線量ふたたび上昇すプールの瓦礫も確認されき

平成の〈核災〉の禍を令和まで引きずり行きし国の怠慢

令和とう時代になれど厭なもの　戦い・原発・ＩＴ産業

令和一が平成三十一で二〇一九　改元無用の声もどこかに

台風19堤こわせり東北と関東甲信越一四〇ヵ所

黒い袋フレコンバッグ流れ行き汚染土も濁流に広まる恐怖

フランシスコ教皇は大規模災害の被災者と集い共に祈りを

賀請戸港再開

海嘯襲沿岸
漁民失己船
透明妖怪暴
再起意思堅

請戸（うけど）港の再開を賀す

『楓雅之朋』第二五二號より

海嘯（かいしょう）　沿岸を襲い
漁民は　己（おのれ）の船を失う
透明なる妖怪暴れるも
再起の　意思堅し

請戸港＝原発立地に近い福島県浪江（なみえまち）町の漁港。海嘯＝津波。透明妖怪＝放射能を指す。二〇一八年一月二日に七年ぶりに出初め式、一九年一月二日には漁船約二十隻が列をなして出港した。

不要なものの究極は

せめて元日からなら我慢できたのに
伝統的な儀式の都合があるとか　ないとか
五月という中途半端なところから元号が変わった
令和の「令」は命令の「令」
命令を下した和睦するというのか
文学的には元号があると潤いがあるかも
だけど実務は西暦だけで充分
元号なんて不要物の最たるものではないか
想えば印鑑も不要なものだ
書道や日本画で落款を押すのは趣があるが
公文書には無用　だから同様に
書類は西暦だけにして欲しい

＊

火災で焼けた沖縄の首里城では
日没から午前〇時までライトアップが再開されたとか
日本のあちこちでイルミネーションが咲き誇る
冬にはもっと咲き乱れるだろう

復興がすすんだせいか
福島でも　照明の類が増えてきたようだ
楢葉町の冬に咲く　イルミネーション「希望の花」は
太平洋にひろがる天神岬の　スポーツ公園で始まる
震災後は休んでいた公園も　これできっと蘇る

だが無造作に電気を使うのは　問題がありはしないか

ナイターや自動販売機なども　本当に必要なものなのか
電力会社も政府も蔭のボスも　電力消費を煽り立てつつ
原発産業の温存を図っている　その手に乗るな

〈核災〉を忘れないでほしい
放射性物質の放射能が半分になる半減期は
ヨウ素１３１は八日だが　セシウム１３７は三十年
ラジウム２２６は千六百年　プルトニウム２３９は二万四千年
ウラン２３８は四十五億年　とてもじゃないが付き合い切れぬ
それでも原発を止めない政府　蔭で誰かが入れ知恵を

＊

総裁の長い安倍首相
とかくのよくない噂も付きまとう

近畿財務局員が自殺した「森友学園」
選挙に利用したのか「桜を見る会」
二〇一九年参院選の「河井夫妻」
有罪のはずが平気の平左
もっと大きな問題はないか
なぜ原発の温存を図るのか？

意外や意外なんともそれは
プルトニウムの備蓄のため
なぜプルトニウムを備蓄する？
おそらくは原爆を造るため
そう考えると疑問が氷解！

だが　残念ながら証拠がない
証拠はないけれど……

十章　戦後七十五年の節目に　二〇二〇（令和二）年

「除染作業中」

期待されテレビ「エール」で年明ける

底冷えや新型コロナ法成立す

なにもかも中止となりて花曇り

ノスタルジー避難移住のツバクラメ

須賀川市の花火見たしと泣く娘（こ）かな

秋風に「除染作業中」の幟揺れ

湖のハクチョウ飛べり北帰行

資格ありや

令和とう時代になれど厭なもの戦い原発ＩＴ産業

東電に原発業の資格ありや「呆れ返ること（アギレゲールゴト）」ばっかりなるに

荒れた田に汚染土入れし黒きふくろ小高区の地に住民戻らず

あの事故の九年まえに東電は大津波否定し保安院に抗す

東電に十一億円賠償を故郷に生きる権うばえりと

震災と〈核災〉の地のアーカイブ「伝承館」が双葉町に建つ
（九月二十日）

うまいもんin福島の広告に捨て去りし故郷ふと近くなる

政府与党なぜ原発を庇うのか　終戦回想われは被爆者

イチエフの事故調査にて3号機の爆発は二回と九年後に結論
（十二月十三日）

ぜひ五輪！　原発事故は過ぎたよと宣伝したきか政府の態度

『楓雅之朋』二四〇號より

余寒偶成

雀の声を　玉骨に聞けど
残雪は　遙かな巓に在り
原発災による　罹災者は
寒を忍べど　猶寂然たり

餘寒偶成

雀聲聞玉骨
殘雪在遙巓
原發罹災者
忍寒猶寂然

玉骨＝梅。巓＝山頂。原発＝ここでは原発事故による災害をさす。
寂然＝寂しいさま。

（原発罹災者の寂びしい早春）

東京五輪にコロナ禍が

1

音もなく　見えない妖気が　やって来る
ＣＯＶＩＤ－19コロナ禍が異常を起こす
近付いてくる二〇二〇年の東京五輪には
最初から何かどす黒いものが漂っていた

二〇一三年に招致が決まってから七年後も
東京を選んだ経過を巡ってフランス検察当局の捜査が続く
ＪＯＣ（日本オリンピック委員会）の竹田会長は
「東京は福島とは別だから放射能は安全」と言ったが
約九億円の金が組織委員会の理事へ動いたことにより退任

一体それだけの金を使って何の得があるのだろう?
招致活動を主導した猪瀬直樹都知事は別件で辞職

もちろん1F事故も不安材料の一つ　当時の首相は
「アンダーコントロール（うまくいっている）」と断言したが
原発立地近くは復興どころか　事態はいろいろ深刻で
「被災地支援」打切り策が　ひそかに用意されている
福島はいつも　利用されているだけかもしれぬ

2

二〇二〇年一月一日　日本一早い山開きが
福島県の東北端にある新地町の鹿狼山(かろうさん)で行われた
四日には南相馬市小高区の小高神社で「はしご乗り」
中旬には会津坂下町で季節外れの桜が咲き始めた

二月には魚の出荷制限が全魚種で解除になる
三月六日には　３・11の現場を護った男たちを描く
映画「ＦＵＫＵＳＨＩＭＡ50」の全国公開
当時　政府の小委員会は処理水＝汚染水の海洋放出を検討
のちに全国漁業協同組合連合会が　断固反対の特別決議

１Ｆ事故の賠償は　必ずしも順調にすすんでいない
賠償を求めるには三つの方法がある
第一は東電への直接請求
第二はＡＤＲ（裁判外紛争解決手続）でセンターへ申し立てる
そして第三は訴訟によるもの
賠償争いのピークは二〇一四年頃にもあったが
政府与党がフクシマに関わる全てを打切ろうとしている今
安易に打ち切られるままに　してはなるまい

3

３・11の追悼行事が一先ず済んだ三月下旬
日本に着いた東京五輪の聖火は福島に運ばれ
二十四日に福島駅東口で聖火皿が除幕された
地元の新聞は聖火リレーを詳しく報道したが
新型コロナウイルス感染症のため　一年延期
聖火は福島に置くことになり　一段落だけど
地元はともかく政府や１Ｆのトラブルは続く

四月十六日　コロナ禍の拡大のため１Ｆ廃炉作業の体制を縮小
五月二十九日　東電社長は核燃料の処分を県外とするも計画には記載なし
六月二十九日　大震災と１Ｆ事故からの再起を目指す「復興農学会」発足
七月六日　環境省は富岡町の富岡一小校舎の解体作業を開始

八月十八日　楢葉町は「ふるさと納税」の返礼に太陽光発電の電気を提供
九月九日　政府は福島国際研究産業都市の中核に浜通りへ法人を新設予定
十月二十二日　県内の小・中・高校で認知されたイジメは八五三四件で最多
十一月二十日　浪江町は水素社会実現へ向け「なみえ水素タウン」構想

十二月初め　地元新聞の県内十大ニュース候補には
九月に第九九代首相になった菅義偉（すがよしひで）や平沢勝栄（ひらさわかつえい）復興相も

けれども（ゲンチョモ）　三月に発生した福島県の新型コロナ感染症は
増加中だよ　一年後になった東京五輪の
福島の立場容易（オドゲデネー）ではない

十一章　あれから十年が巡り来て　二〇二一（令和三）年

廃炉工程

冬尽くも福島にまた大余震

フクシマの復興すすまず春往けり

海嘯のとどろき遠く聞くなぎさ

霜の別れ県内コロナ死者急増

あさみどり希望の星や若隆景(わかたかかげ)

十年を過ごすも揺れる記憶なお

廃炉工程もはや幾年はだら雪

被曝十年

大津波ひねもす画面に放映す無慙の極み今日ああ十年(とせ)

取材されマイクのまえで被災者が顔こわばらす何をか告げん

フクシマの被曝十年になるというに汚染未処理の多きに驚く

トリチウム汚染の水を海に捨てる暴挙反対の署名集めたり

多和田葉子、ノーベル文学賞候補　反原発デモでベルリン行進

霊山町子どもの村の五〇年「たしんなるよう」更新スタート
（たしんなる＝役に立つ）

地震後の放射線量かかさずに載せ続けいる福島の諸紙

コロナ禍のいよよ厳しくなり行けどオリンピックは強行するや

令和とは命令下して和するなりオリンピックに中止の令を！

五輪祭、フクシマ風化の好機ならむ　その手にのるな政府の術に

経十春

經大危機既十春
多忙雜事落花頻
核凶廢止無明斷
官告復興貧者顰

十春(じっしゅん)を経て

『楓雅之朋』第二七九號より

大危機を経て　既に十春
多忙の雑事に　落花頻(しき)りなり
核凶の廃止に　明断は無く
官復興を告げ　貧者顰(ひん)す

大危機＝三・一一の大震災と原発事故。核凶＝原発事故。廃址＝廃墟。
明断＝明快な決断。官＝役人。顰＝顔をしかめる。

十年過ぎても悲しくて

1

核兵器禁止条約が発効したのは二〇二一年の一月
だが「核の傘」に依存する日本政府は背をむけたまま
次は「核発電禁止条約」をとの想いもあるが
核マフィアとの繋がりか本気で原爆を造るつもりなのか
原子力政策を変える様子はない
その代わりに強調するのは東京五輪
１Ｆ事故被害者が立ち直らなくても「復興五輪」
コロナが猖獗を極めても「安全安心の五輪」
遂に三月二十五日にＪヴィレッジで
五輪聖火リレーの出発式

既成事実は作られた
歓びの中の哀しみは
また騙される既視感（デジャビュ）か

2

あの恐怖の日から　悪夢の十年が経つ頃になると
東日本大震災・東電福島第一原発事故関連の番組が増えた
二〇二一年三月七日朝十時からの「日曜討論」での座談会
帰還困難区域への対応・避難住民への支援も　その一つ

富岡町小浜の海の見える場所に　見晴らし台が建っている
原発設備メンテナンス会社が　恩返しにと私財を投じたものだ
大熊町の多くは　特定復興再生拠点区域になったが
白地地区は外され帰還困難区域で　分断されたまま

三月十一日には　福島県内各地で鎮魂の追悼式があった
同月十三日は　古関裕而（ゆうじ）記念館のリニューアルオープン
四月十四日　原子力規制委員会は東電柏崎刈羽原発に運転禁止命令
同月二十四日は　広野町が町制施行八十周年の記念式典

コロナ禍とオリンピック関係のニュースがいっぱい
オリンピック組織委員会の会長が辞め　女性五輪相が後釜に入ったが
変異コロナに勝てるのか　福島のワクチン高齢者接種は四月中旬から
それより何より大切なのは　五輪に隠れて〈核災〉を忘れさせること

菅首相は六月中旬　イギリスで開かれたＧ７で五輪の宣伝
遂に首脳声明へ「五輪開催支持」を盛り込ませて得意満面
ＩＯＣ（国際オリンピック委員会）のバッハ会長は　七月に

ヒロシマを訪問したが　原爆には触れずオリンピックの宣伝
核兵器禁止条約についての　二度にわたる記者の質問も無視
日本政府から　核については口留めされていたのかもしれぬ
ヒロシマから眺めていると　おぼろなものが見えてくるのだ
フクシマ被曝の3・11も無視　「復興五輪」はポーズだけ

3

連続テレビ・ドキュメンタリーでも見ていたのか
3・11の津波に続く1F（イチエフ）がもたらした惨状が
走馬灯のように疲れた脳裡をよぎって行く

かなりの復興があったとしても　原発立地周辺では
壊れたままの状況と感情が残り　また遠隔地でも
避難者は帰郷か定住に迷い　辛い生活が続く

大会の主催者や選手が　成功を祈る気持ちは分かるし
ここまでくれば民衆も　盛況を願うに違いない
そこが政府やＩＯＣのネライだろう　けれど
だからこそ首相やＩＯＣ会長は　糾弾されるべし

コロナは収まらず１Ｆの被災者は困窮
だのに強行すべき理由が何処にある？
復興五輪ではフクシマは復興できまい
釈然とせぬまま秒針がギクシャク廻る
それでも祝わねばならないのかと……

解説　「核災」の悲劇を記し、福島の讃歌を奏でる人

天瀬裕康『混成詩　麗しの福島よ　――俳句・短歌・漢詩・自由詩で3・11から10年を詠む』

鈴木比佐雄

天瀬裕康氏は一九三一年に広島県呉市に生まれ、広島被爆のさいは近郊で救護活動などをされたことで「第3号被爆者」（入市、救護が対象）となった。戦後は医師となり被爆医療などに関わり、医学博士として核戦争防止国際医師会議（ＩＰＰＮＷ）日本支部の理事もされてきた。ＩＰＰＮＷは「International Physicians for the Prevention of Nuclear War」の略で一九八〇年に発足した「核の脅威と戦うために、国際的な医師の運動を組織する」として西側諸国だけでなく東側諸国のソ連の医師たちも参加していた核兵器廃絶を目指す団体だ。天瀬氏は本名の渡辺晋でそのＩＰＰＮＷの活動に関わり、『核戦争防止国際医師会議（ＩＰＰＮＷ）私記』という私家版の本も刊行し、その中で「核兵器による戦争の抑止という考えは幻想」であり、それよりも「人類が被っている損失の実体」を直視すべきだと語っている。そのような活動の他に、小説や詩・俳句・短歌・漢詩などの詩歌を執筆してきた表現者でもあり、また最近はテーマを決めたアンソロジーを多様な表現者たちと試みている。

天瀬氏は二〇一八年七月に編著として『混成詩集　核と今』を刊行した。「核と今」をテーマとして詩、俳句、短歌、漢詩の四十名の作品と自作の作品を四章に分けて交響詩のように編集したものを「混成詩集」と命名し、類例のない試みをされていた。その最後に置かれた天瀬氏の詩

「明日への想い」の後半の短歌、詩、俳句の部分を引用したい。

戦争は　上の人等が起こしけり　消耗品よ　兵は未来も／／原爆だけではない　原発もだ／それだけではない　全ての公害もだ／消費者は王様ではない　使い捨ての兵なのだ／最大の需要喚起をもたらすのは　戦争なのだ／／便利さを追い求めてはならない　陰には儲ける奴がいるから／メーカーの宣伝におどらされて　無駄な電気は使わぬことだ／／皆殺し（ジェノサイド）　残りし星に　雲の峰／／この地球を　そんな廃墟にしてはなるまい／目先のことに　一喜一憂するのではなくて／しっかりと　腰を据えて未来を見つめれば／忽然（こつぜん）と　核のない世界が浮き上がってくる

引用の前には漢詩とその読み下し文があり、それを含めてこの引用した短歌、詩、俳句が一篇の中で響き合っていることが分かる。天瀬氏はこのような「混成詩」の試みで福島の過去・現在・未来に焦点を当てて独力で一冊を刊行したいと願ったのだろう。

今回の『混成詩　麗しの福島よ』は、まえがき、序章から始まり二〇一一年から二〇二一年までの十一章に分けられている。まえがきでは、福島県が浜通り、中通り、会津の大きく三つに分かれていることなど、福島県の風土や文化の多様性とその魅力を暗示しながら、福島県のこの十年間の悲劇的な出来事やそこから立ち上がってくる姿や、残されている汚染水やデブリなどの様々な問題点を書き記している。

「序章　麗しの福島よ　～二〇一一（平成二十三）年二月」の冒頭の俳句「陸奥（みちのく）」は次の七句から

成る。

陸奥は京に属さず四季を恋う
瀧桜の樹齢千年すぎし日々
海開きサーフィン場に古泳法
天高し乗馬も学ぶ牧場かな
風花のゲレンデも美し裏磐梯
初天神うそかえ祭り苦難除け
原発は風土壊すや亀鳴きぬ

この冒頭の俳句によって天瀬氏は「陸奥(みちのく)」の四季の感覚が、大和朝廷の中心だった京の人びとの感受性とは決定的に異なっていることを告げている。そして中通りの三春町の滝桜が千年を超えて咲き誇っている日々を思い遣り、会津の裏磐梯のスキー滑走場に小雪が舞っている美しさを愛し、中通りの「高畑天満宮・うそかえ祭」で福島の悲劇を取り除きたいとの民衆の願いを伝え、浜通りの東電福島第一原発六基の中の四基が破壊されて放射性物質を放出し、百年を超えて生きる亀も恐怖で鳴きだすのだろうと憂いている。また〈核災〉後に天瀬氏は福島を俯瞰的に眺めながら、福島の本来的な美しさや豊かさやそれが損なわれていった痛みを重層的に詠み始めるのだ。

次の短歌「幸の溢れたる土地」五首を引用する。

鳥が鳴く東の国の暁の明けゆく空の澄みて潤う
将門の東国独立宣言を朱雀帝らは如何に聞きしか
東北は貧しきものと決め難し藤原の栄華な忘れ給いそ
信夫山あかつき詣で大わらじ稲の収穫多ければなり
福島と名付けられたる野も山も海にも幸の溢れたる土地

冒頭の短歌は鳥が鳴き「東の国の暁の明けゆく」という東方の国々の山河の澄んだ光景から始まる。そして平将門は、九四〇年に関東八州の独立を宣言し、京都の天皇に対して自ら新皇と称したが、その衝撃は朱雀帝や朝廷の官吏たちに想像を超えた衝撃を与えたと言われている。将門の怨霊は今も首塚や神田明神などに祀られている。また平安京に次ぐ第二の都市とも言われた平泉の奥州藤原氏四代の栄華の時代には、東北が半ば独立国であったという説もあり、そんな歴史を踏まえて天瀬氏は「東北は貧しきもの」という先入観を退けている。「信夫山あかつき詣」は旧暦の正月二月十日に、信夫山の山道を登って羽黒神社に長さ十二メートル、重さ二トンの大わらじの奉納が行われる。「大わらじ」の「稲の収穫」の豊かさを天瀬氏は詠み込んでいく。俳句の心情を突き付ける鋭敏さも魅力だが、短歌は土俗的な歴史を踏まえて民衆の息遣いを伝えてくれる。最後の短歌「福島と名付けられたる野も山も海にも幸の溢れたる土地」で記されている福島賛歌こそが、本書で天瀬氏が最も伝えたかったことだろう。

その次の漢詩「福島四季」は、福島の四季の美しさを漢字だけでこのようにシンプルに表現できるということに驚かされた。

春青聞鳥哢　　春は青く　鳥の哢るを聞き
朱夏往濱遊　　朱夏は　浜に往きて遊ぶ
秋白謝恩祭　　秋は白く　謝恩の祭
玄冬娯雪丘　　玄冬は　雪の丘に娯しむ

漢詩はある意味で英詩のように主語述語の関係を辿れば意味が推測でき、さらに自由に書き下し文を想像できる楽しみがある。漢字の意味を上から読んでもだいたい理解できるだろう。福島の四季を漢字で楽しみ、心を遊ばすことができる。例えば三行目などは「秋の空気は透き通るように白く、収穫の恵みに感謝して神に捧げよう」などのように想像を膨らませることができる。漢詩もまた重要な表現方法であることを実践的に伝えてくれている。

序章の最後の詩「桃源郷から嘆きの地へ」の前半と後半の一部を引用したい。

むかし陸奥は桃源郷だった／勿来を過ぎればもう異境だ／浜通りには三千年前の貝塚があるから／縄文人の天国だったのかも……〃ここには独自の文化圏があった／アイヌもオロシアも女真もおいで／大和や京都とは違う独自の連合国だ／奥州藤原の文化は京よりも大陸に近

い〳〵義経が逃げ込んだ東北州は／兄・頼朝に攻め寄せられた／幕末　会津らの奥州連合は／薩長らの西軍に蹂躙された〳〵会津が西軍に攻められたのは／江戸の身代わりになったようなもの／徳川幕府は　会津中将を護りはしない／周辺諸国も　会津の許に結集したのではなく／西軍側についた藩も少なくなかったが／明治維新後は賊軍会津と汚名を着せられ／肩身の狭い想いをすることが多かった／（略）／原子力の平和利用が唱えられ／原爆ならぬ原発（核発電）が検討される／ならば東京に造ればよかろう／いや近くで貧しい場所がよい〳〵かくして福島県の浜通りが選ばれ／双葉町と大熊町に跨る場所に絞られる／だが　食えないほどに貧しいのか／豊かな自然があったのではないか〳〵原発（核発電）は　明るい未来を保証してくれるのか／原発（核発電）は　貧富どちらへ作用するのだろうか／意外な落とし穴は　ないであろうか……〳〵＊核発電＝若松丈太郎の語。「わたしは原発を〈核発電〉、原発事故を〈核災〉と言うことにしている。その理由は、おなじ核エネルギーなのにあたかも別物であるかのように〈原子力発電〉と称して人びとを偽っていることをあきらかにするため、〈核発電〉という表現をもちいて、〈核爆弾〉と〈核発電〉とは同根のものであると意識するためである。／さらに、〈原発事故〉は、単なる事故として当事者だけにとどまらないで、空間的にも時間的にも広範囲に影響を及ぼす〈核による構造的な人災〉であるとの認識から〈核災〉と言っている。」（『福島核災棄民 ―― 町がメルトダウンしてしまった』コールサック社刊）

私はこの天瀬氏の詩を読み、三千年以上の縄文遺跡のある豊かな歴史を刻んできた福島浜通りに〈核発電〉を押し付けた東電や政府やそれを黙認してきた多くの人びとに対して懺悔を迫るような思いを感じる。実は天瀬氏の過去の著書を読むと科学者の観点から原発の平和利用をかつて肯定していたことが記されている。しかし福島浜通りの三・一一以後の現実を知るにつれて、このように〈核発電〉の立地が大都市は避けられて、経済的に「貧しい場所」の僻地に偏在していて、ついには「桃源郷から嘆きの地へ」と変えてしまったことに衝撃を与えられ、平和利用の虚構性の前に立ち尽くしたに違いない。それから天瀬氏は若松丈太郎氏が原発を〈核発電〉という言葉に言い変えるべきだという提言に賛同して、詩に引用し多くの人たち伝えたいと願ったのだろう。

一章からの目次の年毎の章タイトルを挙げておきたい。

一章「激変、地獄の到来」、二章「〈核災地〉の苦難の周辺」、三章「〈核発電〉というものは」、四章「日常生活と危険」、五章「せんかたなく学ぶ放射線」、六章「避難区分を思い出して」、七章「損害賠償いつまでも」、八章「戊辰で歴史をチェックすると」、九章「改元ありしが異変だらけ」、十章「戦後七十五年の節目に」、十一章「あれから十年が巡り来て」。

この十年の福島の歩みに俳句・短歌・漢詩・自由詩で寄り添おうと試みたのだった。最後に二章の短歌〈核災〉から三首と詩「十年が過ぎても悲しくて」の冒頭の一部を引用したい。

被曝災地と被爆地の連携強まるべし体験の記録・遺構の保存
「核災」と原発事故を呼びにけり詩人・若松いきどおり込め
（『福島核災棄民』コールサック社、二〇一二年）
情緒無用ただ事実だけ並べんか即物性求め被曝の諸相を

核兵器禁止条約が発効したのは二〇二一年の一月／だが「核の傘」に依存する日本政府は背をむけたまま／次は「核発電禁止条約」をとの想いもあるが／核マフィアとの繋がりか本気で原爆を造るつもりなのか／原子力政策を変える様子はない／その代わりに強調するのは東京五輪／（略）／既成事実は作られた／歓びの中の哀しみは／また騙される既視感（デジャビュ）か

天瀬氏は、二〇二一年四月二十一日に他界した若松丈太郎氏が一九七〇年から半世紀も〈核発電〉や〈核災〉の危険性に警鐘を鳴らしていたことに敬意を払い、その言葉を詩歌の中に記した。さらにそれを発展させて詩の中で「核兵器禁止条約」の次には〈「核発電禁止条約を」との想い〉を構想している。そのことに私は深い感銘を抱いた。三・一一以後の三月下旬にようやく連絡が取れて、『福島原発難民』の原稿を送ったとの連絡があった時、温厚な若松氏の〈核災〉に対する激しい「いきどおり」が伝わり、私は一刻も早く若松氏の四十年間の論考や詩をまとめて刊行すべきだと考えて、五月上旬には刊行することができた。その翌年十二月にも『福島核災棄民』を刊行することができた。その中の若松氏の〈核発電〉、〈核災〉という言葉を真摯に受け止めて、天瀬氏が詩歌の連作の中でそれらの言葉を繰り返し使用して深めてくれたことに対して、天上の若松氏もきっと喜んでおられるだろう。この天瀬氏の『混成詩　麗しの福島よ　――俳句・短歌・漢詩・自由詩で3・11から10年を詠む』が〈核災〉の悲劇を伝えると同時に、福島への讃歌を奏でながら多くの人びとに読み継がれることを願っている。

あとがき

この詩群を纏め始めた時は二〇二一年の三月、つまり東日本大震災・東電福島第一原発事故から十年の時点で、一応、終わるつもりでした。

それを少し超過したのは、コロナ禍のため一年延期となった東京五輪の動向が気になったからです。福島県、とりわけ1F事故の影響の大きかった浜通りの一部では復興も儘ならないのに、また県外避難者の辛い生活が続いているのに支援打ち切りの迫っているのが耐え難かったのです。まやかしの「復興五輪」という言葉や、原発を保護し続ける政府与党に対する私の見解は十一章までの詩的表現の中で展開しておきましたが、フクシマを詠んだ左記三人の詩人からは大きな影響を受けました。

東電福島第一原発事故を予言したと言われる詩「神隠しされた街」を書いた若松丈太郎さんとは、拙著を献本したり詩集を頂いたりしていました。ただ惨状を詠むだけでなく、考古学や地質時代を超え宇宙に拡がる巨視的思考は、凡流の及ぶところではありません。本の賛辞と悼辞は漢詩で贈りました。若松氏は四月に逝去され、心よりご冥福をお祈り致します。私は若松氏の評論集『福島原発難民』と『福島核災棄民』を拝読し原発を〈核発電〉、原発事故を〈核災〉となぜ言い換えるべきかという提言には多くの示唆を得て、本書にもその用語を使用させて頂きました。

和合亮一さんからは、3・11直後の十六日から五月二十五日までに書いた『詩の礫』の凄まじい詩魂にうたれました。

藤島昌治さんの詩は、「ひろしま避難者の会」が発行している『アスチカとぴっくす』に続けて載っていましたし、詩集も置いてあったので識りました。

さて今回の拙著には、漢詩の部を除くと初出が明記してありません。俳句は伝統俳句から始め、現代俳句を経て前衛へ行きましたが、ここでは伝統に戻りながらも伝統が扱わぬ領域を目指して書き直しました。短歌の一部は『あすなろ』や私が主宰している『SF詩群』に載せたものですが、大半はメモからの改作を清書したものです。

自由詩も一部は『Ω（オメガ）』や『SF詩群』に載せていますし、「フクシマ年代記（クロニクル）」（『東北（みちのく）詩歌集』〔コールサック社、二〇一九年〕所収）を拡大したものとも言えますが、全体が書き下ろしと考えてよいでしょう。

これは同時に、一句・一首・一篇の作品にも非常にたくさんの方のお世話になったとも言えるわけです。お名前を列記すれば冗長になるので割愛させて頂きますが、この場を借りて心からの謝意を表させて頂きます。

最後になりましたが本書の出版に際し、詩人・評論家としても尊敬しております鈴木比佐雄コールサック社代表からの編集上の助言や解説文を賜ったことは真に光栄であり、また校正・校閲の座馬寛彦氏、装幀のデザインの松本菜央氏ほか、関係各位に心からお礼申し上げます。

二〇二一年十月

天瀬裕康

著者略歴

天瀬裕康（あませ　ひろやす）
本名：渡辺 晋（わたなべ　すすむ）
1931年11月　広島県呉市生まれ
1961年3月　岡山大学大学院医学研究科卒（医学博士）
現在：脱原発社会をめざす文学者の会、日本ペンクラブ、
日本SF作家クラブ、イマジニアンの会各会員
『ＳＦ詩群』主宰
（本名では核戦争防止国際医師会議日本支部理事）

［主著書］
長篇小説『疑いと惑いの年月』（文芸社、2018年8月）
長編詩『幻影陸奥共和国』（歴史春秋社、2020年7月）
（本名では『核戦争防止国際医師会議私記』及び英語版）

現住所　〒739-0605　広島県大竹市立戸2-3-8　渡辺晋方

石炭袋

混成詩　麗しの福島よ
——俳句・短歌・漢詩・自由詩で3・11から10年を詠む

2021年11月30日初版発行
著者　　　　　天瀬裕康
編集・発行者　鈴木比佐雄
発行所　株式会社 コールサック社
〒173-0004　東京都板橋区板橋2-63-4-209
電話 03-5944-3258　FAX 03-5944-3238
suzuki@coal-sack.com　http://www.coal-sack.com
郵便振替　00180-4-741802
印刷管理　（株）コールサック社　制作部

装幀　松本菜央

落丁本・乱丁本はお取り替えいたします。
ISBN978-4-86435-509-4　C0092　￥1500E